누구보다 아이를 사랑하는 _____ 에게 이 책을 드립니다.

재워야 한다, 젠장 재워야 한다

글 **애덤 맨스바크** · 그림 **리카르도 코르테스** · 옮김 **고수미**

키신서 3492

재워야 한다, 젠장 재워야 한다

1판 1쇄 인쇄 2011년 8월 3일
1판 1쇄 발행 2011년 8월 17일

지은이 애덤 맨스바크 **그린이** 리카르도 코르테스 **옮긴이** 고수미
펴낸이 김영곤 **펴낸곳** (주)북이십일 21세기북스
출판콘텐츠사업부문장 정성진 **출판개발본부장** 김성수 **프로젝트팀장** 정지은
기획·편집 윤홍 **디자인** 송경진 정란 **해외기획** 김준수 조민정
마케팅영업본부장 최창규 **마케팅** 김보미 김현유 강서영 **영업** 이경희 박민형
출판등록 2000년 5월 6일 제10-1965호
주소 (우 413-756) 경기도 파주시 교하읍 문발리 파주출판단지 518-3
대표전화 031-955-2100 **팩스** 031-955-2151 **이메일** book21@book21.co.kr
홈페이지 www.book21.com **트위터** @21cbook **블로그** b.book21.com

ISBN 978-89-509-3248-0 03840

책값은 뒤표지에 있습니다.
이 책 내용의 일부 또는 전부를 재사용하려면 반드시 (주)북이십일의 동의를
얻어야 합니다. 잘못 만들어진 책은 구입하신 서점에서 교환해 드립니다.

비비안을 위해,
그 애가 있었기에 이 모든 게 가능했다.

아기 고양이는 엄마 옆에 콜콜 잠들었어.
아기 양도 엄마 옆에서 새근새근 자고 있어.
아가야, 너도 포근하게 누웠잖니.
그러니까 제발 잠 좀 자라, 이 자식아.

마을 창문에 불도 다 꺼졌어.
고래도 깊은 바닷속에 웅크리고 있잖니.
마지막으로 딱 한 번만 더 읽어줄 거야.
젠장, 이제 잘 거라고 약속해!

하늘 높이 나는 독수리도 날개를 접었단다.
땅을 파는 동물도, 뛰어 다니는 동물도 모두 잠들었어.
목 안 마른 거 알거든? 뻥치지 말란 말이야.
우리 아가 착하지?
이런 젠장, 얼른 누워서 안 잘래.

풀잎 사이 산들바람도 숨을 죽이고,
여기저기 기웃거리던 들쥐도 죽은 듯이 잠들었어.
벌써 삼십팔 분이나 지났다고.
이런 제기랄, 뭐라고?
그만 쫑알거리고 잠이나 자란 말이야.

놀이방의 아이들도 모두 꿈나라에 들었어.
폴짝대던 개구리도 잠들었잖아.
빌어먹을, 안 돼. 화장실은 무슨 얼어 죽을.
어디로 가야 하는지 몰라? 침대로 가라니까!

나무 꼭대기에 있던 올빼미가 휙 날아올랐어.
하늘을 가르며 솟구쳤다가 쏜살같이 내려오잖아.
열불 나서 환장하겠네, 정말.
제발 닥치고 자란 말이야.

아기 사자, 엄마 사자, 아빠 사자 한데 뒤엉켜
드르렁드르렁 코까지 골며 자고 있잖아.
넌 도대체 왜 이러는 거야, 인마.
젠장, 제발 자빠져 자라니까.

씨앗도 이제 땅속에서 깊이 잠들었어.
곡식도 고개 숙이고 농부를 기다리고 있단다.
묻지 마. 이젠 대답 안 할 거야.
딱 세 마디만 할게. 입 닥치고 자.

지글거리는 정글 속 호랑이도 쿨쿨 잠들었고,
짹짹거리던 참새도 입을 다물었어.
빌어먹을, 곰 인형은 무슨. 절대 안 줄 거야.
눈 감아. 찍소리도 내지 말고 자라고 쫌!

들판에 꽃들도 꾸벅꾸벅 졸고,
저 비탈진 산에 핀 꽃들도 꾸벅꾸벅.
사는 게 뭐 이러냐. 아빠 노릇하기 너무 힘들다.
염병할, 그만하고 제발 좀 자라니까.

마다가스카르 개미핥기도 잠을 자는데
난 이게 뭐야. 정말 울고만 싶다.
그래, 좋아. 우유 갖다 주면 되잖아.
이제 몰라 젠장, 네가 잠을 자든 말든.

눈 감고도 방이 훤히 보이네.
싸구려에 고물딱지 가구들.
졌다, 졌어. 이놈아 나가면 어떡해.
망할, 잠은 내가 들어버렸네.

정신이 가물가물, 눈을 떠 보니
드디어 녀석이 살포시 자고 있네.
쉿! 깨지 않게 살금살금.
이렇게 빈다. 제발 그대로 아침까지 푹 자라.

드디어 마누라랑 영화를 보겠네.
팝콘은 전자레인지에서 돌아가고. 위잉— 땡.
에이씨. 빌어먹을. 또 일어났냐.
자! 인마. 이제 좀 자란 말이야, 쫌!!!

끝